KB269814

청소년 시선
011

우리가 사는 지구는 천천히 멸망 중

주민현

시인의 말

내일의 기후는 보다 나쁘고
우리는 사랑스럽지요

2025년 겨울
주민현

차례

1부 이 지구상에 우리가 살았다는 흔적

2부 아주 오랜 시간이 지난 뒤에

1부

이 지구상에 우리가 살았다는 흔적

지구가 멸망한다면

너무 춥다 너무 추워
호들갑 떨면서 학교에 왔다

미국은 영하 팔십 도래
북극 한파

외로운 북극곰끼리 떠내려간
세상의 끝

복도에서 떠들던 웃음소리
편의점에서 사 먹는 슈크림의 부풀기

세상에 겨울밖에 남지 않는다면

가을 구두코
여름의 땀 흘리기
봄의 자전거 내달리기

모두 사라진다면

영원히 끝나지 않는 불볕더위가 계속되거나
한겨울 한파뿐이라면

세상의 계절이 두 개뿐이라면
그 계절이 무한정 길어져

우리가 끝없는 얼음의 가시밭길을 걷는 마음이거나
맨발로 불구덩이를 지나야 하는 마지막 인류가 되었을 때

우리는 걸으며 그런 미래를 상상한다

그래도 나랑 같이 있을 거지?
잠깐 쳐다본 네 눈빛에서 안 잊히는 장난기

철새의 미래

철새들은 때에 맞춰 날아갔다가
때에 맞춰 날아온다

철새로 인해 비행기에 사고가 났다고
옆 반 친구네 친척이 잘못되었을지 모른다고
우리는 모두 하루 종일 공부도 하지 않고
그 친구를 걱정했다

아무래도 날아온 철새들의 잘못은 아닌 것 같은데

새와 사람의 그림자는
공중에서 얼마나 많은 무게를 가질까

티브이에 나오는 너무 많이 우는 사람들
모두 아무 말도 할 수 없다

점심시간이 되어 평소처럼 시끌시끌해지지만
누가 튼 뉴스에 일제히 조용해지는
한없이 무거워지는 마음

끝까지 바라보기

눈이 많이 내려서 휴교령이 내렸다

무겁고 흰 것이 툭툭 떨어지는
새하얀 세상

미국에는 산불이 크게 번지고 있다는데
여기 내린 눈을 퍼서 거기에 부어 주고 싶다

비상계엄령이 내린 다음 날에는
정상 등교를 했다

내년에는 우리에게도 투표권이 생긴다
티브이엔 거리를 가득 메운 사람들

눈은 조금은 얼어붙고 조금은 질척질척 녹아서
성가시게 발에 엉겨 붙는다

오전엔 배경 음악처럼 내리던 눈이
오후엔 가슴 밑바닥까지 내린다

이 눈을 끝까지 바라보고 싶다
사람들의 행진이 어떻게 세상을 바꾸는지

쌓인 것이 녹아 강이 되고 파도가 될 때까지

새해맞이

해돋이를 보러 강릉 바다에 왔다
사람들과 해를 보며 소원을 빈다

들리는 건 바위에 부딪혀 부서지는
차가운 파도 소리뿐인데

저기 말이야 검고 차가운 바닷속 깊이
아주 아주 깊이 들어가면
발광하는 바다선인장도 있고
말미잘도 있고 심해어도 있대

그중에서도 내가 좋아하는 건 고래
고래는 바닷속에서
초음파로 대화도 하고 노래도 부른대

정말 들리지 않는 것 사이에도 들을 게 있단 말이지
귀를 기울인다면 말이야

언젠가 아주아주 깊은 바닷속에 들어가

고래와 수영을 할 거야

고래의 호흡이 전 세계의 숲만큼이나 중요하다고*
책에서 읽었다

고래를 사냥하지 않는다면
아무도 고래를 죽이지 않는다면
아무도 바다를 망치지 않는다면

우리도 숨통 트일 수 있을까

통살과 작살 없이
점점 높아지는 수온을 견디지 않고

그저 자유롭게 바닷물에 물을 맡기고 유영하면서
귀를 기울이면 수많은 해양 생물의 소리가
들리는 것도 같고

*알렉시스 폴린 검스, 김보영 역,『떠오르는 숨』, 접촉면, 2024, 45쪽.

지금보다 눈이 더 많이 오면

학원 버스 안
라디오에서 눈길에 차량들이 미끄러져
40중 추돌 사고가 났다는 뉴스가 흘러나온다

지금이라도 온실가스 배출을 줄이지 않으면
폭우와 폭설과 가뭄은
더 많이 반복될 거라는 뉴스가 나온다

지금보다 눈이 더 많이 오면
지금보다 비가 더 많이 내리면
남극의 해빙이 다 녹아 버리면

1층에 있는 우리 집은 축축이 젖을 것이다
지하에 고양이 가족은 꼼짝없이 갇힐 것이다
더 지하에 사는 존재들은 모두 어디로 갈까

공항이 생긴다는 곳으로
흰뺨검둥오리 가족이 지나간다

동물들의 이동 경로를 따라 바람이 불고
물이 흐르고 모래가 있다

새들의 습지
새들을 위한 공간
붉은배새매가 지나간다

비행기가 지나가고 도로가 깔리고
새들은 최단 거리로 비행하는 습관이 있다
비행기도 나름의 문법으로 하늘을 지나간다

우리도 우리가 사는 길에 물길을 내고 숨길을 낸다
'더 이상 무엇을 죽이지 않는 방법으로 우리도 살아갈
수 있다면'
가정법의 세계에서는 무엇이든 가정이 가능하다

작은 것들의 힘

작은 카페가 사라져 간다
좋아하는 작은 문구점이
작은 밥집이
학교 끝나면 구멍가게 드나들듯 했던 작은 책방이
작은 벌집이 작은 하천이
도롱뇽과 벌들이
학교까지 가로질러 갈 수 있던 작은 개구멍이
모두 모두 사라져 간다
수챗구멍으로 물이 빨려 들어가듯이
언젠가 나도 빨려 들어가고야 말겠어

작은 것들의 힘을 보여 주겠어
키 작은 내가 태권도를 배운 이유
두 팔을 휘두르면 잠시 무적이 된 것 같다
세상엔 작은 것들이 모여 살아간다
작은 반딧불이 작은 해바라기씨가
작은 올리브나무가 고무나무가 호랑이발톱나무가
희미하게 빛나는 작은 별이
가까이서 보면 엄청나게 크고 뜨겁듯이

붕붕 벌들의 움직임이 때로는 귀를 가득 메우고

지나는 카페에 과테말라, 에티오피아, 브라질
당분간 수급이 어려운 원두의 원산지가 쓰여 있다
이상 기온으로 고창에서는 바나나가
제주도에선 패션 프루트가 재배된다는데
너와 나의 작은 손이 모여
햇빛에 타들어 간 작은 넘어진 식물들을 일으켜 세운다
그것들은 밤에 땅에 기울어지며 거대한 그림자를 만들
어 낸다

인간 멸종 보고서

2179년 3월 1일 뉴스를 시작합니다

지난 새벽 0시 25분 서울의 상공을 지나던 드론 DK-35에
의하면

한국에서 마지막으로 살아남은 생존자의 맥박이 멈춘
것으로

최종 관찰되었다고 합니다

지구 온난화로 인해 인간의 생존 한계 기온이 초과되고

남극의 빙하 붕괴로 해수면이 상승, 강력한 집중 호우로

전 세계의 작물 생산량 또한 급감했다고 지난 방송에서
전해 드렸는데요

이에 따라 야생에서의 생존 가능성은 0.03%입니다

지하 벙커 및 기타 안전지대에 머무르고 있을 생존자 여
부는

공식적으로 집계되지 않고 있으니

혹시 존재할 가능성이 있는 생존자들을 위해 이 방송을
전합니다

부디 안전한 곳에 머물고 식량을 넉넉히 구비하십시오

이상 자동 촬영 및 자동 송출, 자동 저장되는 방송 여기
서 마칩니다

시청자 여러분, 다시 소식 전해 드리겠습니다
편안한 밤 보내십시오

※ 이 보고서는 드론에 의해 자동 촬영된 내용을 바탕으로 자동 기술
   되었음.

영원한 여름

해가 너무 뜨거워
집 밖을 나선 지 오 분도 안 되어 땀이 줄줄 흐른다

아직 6월인데 이렇게 숨 막히는 더위라니
버스 정류장에 선 사람들이 하나같이 땀을 삘삘 흘린다

다리를 다친 사람이
횡단보도를 건너다 내달리는 버스에 치일 뻔한다

"조심하세요, 좀"
버스 기사가 삿대질을 한다
누가 누구에게 조심하라고 하는 거지

이렇게 더운 날에도
땡볕에 땀 흘리며 일하는 사람들이 있고
길가에 축 늘어진 고양이들이 있다

버스 전광판에는 취약 계층일수록
온열 질환에 각별히 조심하라는 뉴스

건물 밖으로 한 발자국만 나가도
집어삼킬 듯 이글이글거리는 불볕더위가
이불처럼 온몸을 뒤덮는다

햇빛이 꼭 늪처럼 고여 있는 것 같아
발을 담그면 무섭게 쏙 빨려 들어갈 것만 같다

에어컨 없는 곳에서 일하다 사망한 노동자에 대한 뉴스가
뒤이어 흘러나온다

이런 날엔 여름이 영원할 것 같고
발밑에 불이 찰랑찰랑 고일 것 같고

잔인한 마음은 이기심과 증오심 같은 무겁고 큰 마음보단
작은 무심함에서 온다는 걸 모두가 알고 있다

산불

고요한 절 안
목탁 소리와 함께 향이 타오른다

고요히 타오르는 불보다 무서운 건 없다
지금 이 순간

모두가 잠든 깜깜한 밤에도
하늘로 번지는 연기

조용히 외롭게 불탄 자리를 만져 본다
가여운 야생 동물들의 몸

기나긴 숲에서 모두 돌림 노래를

우리가 갈 수 없는 깊은 바닷속에는 하달 달팽이가 산다

지옥의 이름 하데스를 딴 이름
햇빛도 들지 않고 압력 때문에 몸이 찌부러지는 곳

물결을 따라 몸을 움직이면
내 몸이 거대한 물이 된 것 같겠지

미역처럼 구불구불하다

하얗게 변한 산호초
바다가 죽어 가는 증거라고 했다

홍수와 산불, 폭풍
곧 일상이 될 거라고도 했다

끊어졌던 다리가 복구되어 사람들이 길을 건너가고 있다
복구되지 않는 삶도 있어서

죽은 동물들과 함께 마음은 계속 상영되고 있다

초록색 강

부산의 큰아버지 댁
집 앞의 강에서 이상한 냄새가 나요

녹조로 가득한 강
흐르지 않는 강

먹는 물도 씻는 물도 다 조심하라고
어른들이 일러 주어요

공중엔 눈에 보이지 않는 미세 먼지와
미세 플라스틱은 안개처럼
우리의 풍경을 포근하게 만들어 주지요

내일 아침 파란 해가 뜬다고 해도
아무도 놀라지 않을지도 몰라요

모든 사라지는 것들을 기억하기
이름 불러 주기
떠내려가는 존재를 꼭 붙들기

이슬람에서는 9살도 결혼을 한대요
드레스를 입고 결혼식을 올리는 어린 신부의
웃고 있는 반짝반짝 불안한 눈빛을 보았지요

우리는 우리의 미래를 몰라서 행복한지도 몰라요

모든 흔들리는 허점투성이 반짝이는 것들이
밤이 되면 허투루 모여들어요

식물의 말

식물원에 갔다
식물은 말이 없다고 생각했는데

생생하게 살아 있는 식물의 느낌
수군수군 재잘재잘 말을 걸어오는 것 같아

푸릇푸릇한 잎과 나무와 꽃
특유의 빛깔 향기 커다란 크기에 압도된다

식물에 낙서하지 마시오
바닥에 푯말이 꽂혀 있다

어깨로 살짝 건드리자 움직이는
입술이나 어깨, 혀 같은 식물들의 잎

꼭 춤을 추는 것만 같아
어쩌면 너희들 사람 같아

뾰족뾰족하고 길쭉길쭉한 식물들

이 세상에 살아남으려는 전략

열대 식물을 위한 온도가
숨 막히고 땀이 나고
이게 온실 효과인가
온실 속에서 지구 체험 중

뜨거워지는 지구 위
우리의 볼이 따갑게 익어 간다

식물은 물이 부족해도 바람을 못 맞아도
어떻게든 환경에 적응해 살아간다고

잎이 잘려도 줄기가 잘려도
다시 자라는 식물이야말로
엄청난 생명력의 소유자라 생각해
키 큰 식물이 나를 내려다본다

작은 완두콩

너, 굴러가는 작은 완두콩
모두 조용한
지구의 감촉
벽에 다다라 다시 데구루루 방향을 바꾸는
내가 흘린 완두콩

푸른 지구 닮았지
푸른 지구 아니 땀 흘리는 지구
수증기 내뿜는 지구
지진과 해일 만드는 지구

너, 흘러내리는 완두콩
잘게 쪼개지는 완두콩 네가 지구라면

북극의 얼음이 다 녹아 버렸지
북극에 살던 곰들은 다 어디로 갔나
세상에서 가장 외로운
떠내려가는 너 완두콩
콩, 콩, 콩 굴러가 벽을 박아 버린다

죽은 새들의 노랫소리

아빠가 죽은 자는 말이 없대요
정말 그러한가요?
죽은 도요새
죽은 정어리
죽은 말총나무
그들은 모두 말이 없나요?

귀 기울여 들어 봐요
메마른 땅 뽀글뽀글 게들의 숨이 올라오는 소리
빙그르르 물총새가 하늘을 비행하는 소리
아직 사라지지 않은 소리들

폐건물로도 바람은 불고 비는 내려요
새들은 날아오르고 다음 계절의 산란을 향해 떠나죠
눈을 감고 들어 봐요 저들의 소리를
새들은 다 쓴 건축 자재에도 터를 짓고 살지요
아마도 버려진 것들에서도 어떤 냄새가 날 거예요
희망과 우울과 태어나 막 살아가려는 것들과 뒤섞인 냄
새가요

멸종된 공룡을 찾아서

그림을 그리는 친구와
멸종된 공룡에 대한 전시를 보러 갔다
아주 다정한 공룡의 그림
지금 사람들이 사는 세상과 닮았다

높은 곳에 올라서 보면
우뚝 솟은 가로등에 비해
긴 해안에 비해
거대한 건축물에 비해
인간은 아주 작은데

지구상에 저렇게 크고 다양한 공룡이 살았다는 게
선뜻 믿기지 않아
인간이 멸종되고 나면
이 지구상에 우리가 살았다는 흔적도 모두 사라질까

모든 게 사라져도
우리가 여기 있었다는 흔적은 남았으면 좋겠다
친구를 바라본다

2부

아주 오랜 시간이 지난 뒤에

아기 냄새

사촌 오빠네가 아기를 낳았다
보들보들 말랑말랑 따끈한 아기 냄새
모든 게 잊힌다
내일 제출해야 하는 숙제
수학 학원 시험
나만 통과 못 한 쪽지 시험
옆 반 친구에게 돌려줘야 하는 책

아기는 방긋 웃기만 하고
똥만 싸도 손뼉을 치고 좋아하는데
내게는 빨리 숙제해라
낮잠 그만 자라
학원 언제 가냐는 핀잔뿐
조카가 운다
어른들은 하나같이 웃기만 한다

나의 발견

이삿짐을 정리하다가
앨범에서 엄마와 아빠의 사진을 발견한다

나와 똑같이 생긴 눈
조금 다른 코와 입술
지금은 자주 만나지 않는 사촌들과
결혼식장에 와글와글 모인 사람들
촌스러운 색깔의 옷들
옛날 느낌이 가득하다

장롱 안에 있던 아빠의
오래된 카메라를 무작정 들고 나간다
청과물 시장도 찍고
길 가는 고양이도 찍고
비행기 날아가는 하늘도 찍고

세상에 이렇게 많은 색이 있다니
핀이 하나도 안 맞고
고장이 난 건지 사진 밑엔 하나같이 검은 점이 찍힌다

그래도 카메라로 찍으니 왠지 조금 특별한 느낌이 들어
아주 오랜 시간이 지난 뒤에 다시 열어 보면
분명히 지금과 똑같이 그대로인 점도
달라진 점도 있겠지

나를 이루는 것들과
나 아닌 것들로 이루어진 세상
조금 흐릿한 뷰파인더로 바라본다

가장 슬픈 사람

할아버지가 돌아가셨다
병원 침대에서 마지막 식사를 하신 뒤에
아무도 모르게 조용히 고요히

가장 침착했던 사람은
마지막까지 가장 가까이에서 돌봤던 고모

가장 엉엉 운 사람은
외국에 살아 자주 오지 못한 큰아빠

가장 큰 대못을 박았던 작은아빠는
뒤늦게 나타났다, 술에 취해서

할아버지가 돌아가시고 가장 재산을 탐낸 먼 친척은
모두의 반대에 은근슬쩍 사라졌다

어릴 적 명절 때마다 그랬던 것처럼
모두가 모여
할아버지 댁 거실이 북적북적해지고

칠 년 전 할머니가 떠나고
이제 할아버지도 떠난 집

이 집도 곧 누군가에게 팔리고
새로운 사람들이 입주하겠지
쓸고 닦고 새롭게 꾸며지겠지

어릴 때 그랬던 것처럼
갑자기 커다란 괘종시계에서 댕댕댕 소리가 난다
제야의 종소리 같다

옛날엔 모이면 재밌기만 했는데
언제 이렇게 서먹해졌지

그 순간에도 가장 슬픈 사람은
가장 말없이 구석에서 생각에 잠겨 있는 사람

새가 된다면

이끼를 밟고 죽 미끄러지자 눈앞에 다른 세상이 펼쳐졌
어요
습지에 매료되면 쉽게 벗어나지 못해
웃음을 참으며 붉은가슴도요가 말했어요
내 무릎 언저리에서 새의 발이 자라기 시작했어요

공중에서 바라보는 세상은 제법 근사해요
나에겐 아마도 사람보다 새의 말이 어울리나 봐요
날개가 있다면 먼저 그곳으로 날아갈래요

사촌 언니네 다락방, 꿈꾸기에 가장 좋은 방
빔 프로젝터를 켜면 어떤 화면이든 근사해 보이고
거기엔 북극곰의 삶을 다룬 다큐멘터리
크리스마스트리와 눈 내리는 날의 재즈 음악
버려진 인형들이 서로 의지해 살아가는 만화
무엇이든 재생되지요
세상의 모든 시간이 와그락 와그락 모여들지요

아래층에선 바글바글 된장국 끓이는 냄새 침이 고이고

언니가 오랫동안 보관해 둔 CD와 책에선 오래된 철물점
냄새가 나요
어떻게 트는지도 모를 레코드와 LP판과
모든 시간과 장면이 뒤섞여 빙글빙글 돌아가는 소리가요
멸종되어 사라지기 직전의 시간 살아남으려는 안간힘의
냄새가요

새가 되어 찾아온다면 언니는 창문을 열어 맞아 줄까요
함께 영화를 보며 사과를 먹으면
입안에서 잘게 흩어져 내리겠지요
마치 눈처럼요
마치 너무 좋아 깨기 싫었던 꿈을 꾸고 난 것처럼요

커피와 새

카페에서 커피를 주문하고
친구들과 같이 산 립스틱을 바르고 나면 꼭
어른이 된 것만 같죠
올해 스무 살이 된 언니는
어른이 된 게 꼭 좋지만은 않다고 하지만

언니는 울란바토르로 여행을 갈 거래요
울란바토르 중얼거리면
거기엔 멋진 초원이 펼쳐질 것 같지만
저기 먼 몽골엔 초원이 사막으로 변하고 있대요

터전을 잃은 소들이 지역을 건너 이동하고 있겠지요
몽골에 모래 폭풍이 불면 우리나라엔 황사가 일어나겠
지요
죽은 소와 양들은 땅속 깊숙이 묻혀 있겠지요

우울할 땐 걸어요
풍경이, 다음 풍경이 덮쳐 오기를 기다리면서
일요일 아침 도시는 텅 비어 있고

기름 없음, 망한 휴게소 옆 망해 가는 편의점이
불빛만 깜빡깜빡 들어왔다 나가고 있어요
꼭 지구 마지막 날을 다룬 영화에서처럼요

고개를 들면 텅 빈 하늘
가스 배관을 타고 물이 흐르는 파이프를 타고
지구상에서 사라져 간 카우아이오오의 마지막 울음소리
들려오는 것만 같아요

내 동생 까미

누가 불 껐지?
세상이 캄캄해
지구도 잠을 자나 봐
우주도 피곤해서 멈췄나 봐

밖에 나간 엄마와 아빠
동생은 잠을 자고
잠깐이나마 세상은 암흑 온통 어둠
가슴에 불 지진 것 같아

어제부터 너무 슬퍼서
까미를 안고 펑펑 울었어
그럴 때 세상이 온통 까매
까미는 작은 개

나이 들고 눈도 멀고 귀도 멀어서
냄새로 우릴 알아보는 개
뒤늦게 흔들리는 꼬리

열세 살 까미
이제 살 만큼 산 거라고
수의사 선생님도 어른들도 말하지만

세상이 까매
까미로 가득 찼나 봐

축축한 분홍 혀
눈을 감고 까미를 안고 있으면
검은 우주로 뒤덮여

문

문에게는 비밀이 없죠
엄마와 아빠는 문을 사이에 두고 싸우고
맨날 팬티 바람인 이웃집 아저씬
문을 자주 열어 두고

아빠는 문을 박차고 나가요
다시 슬금슬금 돌아오지만

문이 기억하는 것
문만 기억하는 것

가끔 집에 들어가기가 싫고
가끔 친구들이 훨씬 더 좋고
문에 대고 속삭이는 일

비밀번호를 누르기 전에
잠시 심호흡하는 일

오늘은 엄마 아빠 기분이 좋아 보여

다행이지만

부모님이 이혼하셨다는
예린이의 별일 아니라는 듯
부러 높인 목소리가 가끔 생각나

마음에도 문이 있다면
가끔은 나도 쾅 닫아 버리고 싶다

개의 부드러움

까미의 털은 까맣고 부드러워
공 같고 실 같다

내가 무슨 말을 해도 다 믿겠다는 듯한 눈
까만 털에 숨겨진 까만 눈동자
하루 종일 누워서 바라보기만 할 수 있을 것 같아

까미는 자기가 사람인 줄 안다
내가 울면 축축한 혀로 닦아 준다

내가 한 말을 아무도 믿어 주지 않을 때
까미만 내 말을 믿어 준다
그게 무슨 말이든

심지어 무슨 잘못을 저질러도
누굴 죽였다 해도 까미는 옆에 있을 거야

까미야 죽을 때까지 널 지켜 줄게
까미를 생각하면 착실하게 살고 싶어진다

내가 아는 까미의 비밀
까미의 비밀은 등에 땜빵 자국이 있다는 거
길고양이를 무서워한다는 거
앞발 만지는 걸 싫어하고
잘 때 꿍얼꿍얼 잠꼬대를 한다는 거

그러나 까미가 아는 나의 비밀을
까미는 절대 발설하지 않는다

이웃집 미정 언니

천 원 주고 산 토마토 씨앗
토마토 대신 작은 풀이 자랐다
이름 모를 풀꽃

앞집엔 늘 가지런히 단정한 화분
지나치게 단정하다

앞집 아저씨는 또 취해서 들어와
고래고래 지르는 소리가 창문을 넘어 담을 타고
우리 집까지 넘어온다

깨지는 소리 던지는 소리 소리 지르는 소리
소리 위에 얹히는 구급차 소리 때로는 경찰차 소리
대개 실려 가는 것은 오래오래 아픈 아줌마가 아니라
당장 죽겠다고 데굴데굴 구르는 아저씨다

서울로 올라간 언니가
짧은 옷을 입고 친구들 집에 얹혀산다고
아줌마가 걱정한다

새도 고양이도 집을 짓는다
떠밀려 온 곳에, 주저앉은 곳에, 가장 안전하다고 믿는
곳에

때로는 가장 험하고 좁고 위태로운 곳에
자리 잡는다

불행의 더미에서도 어쨌거나
아주 약간의 햇빛과 물과 바람 속에서
도저히 살 수 없을 것 같은 악조건 속에서도
식물은 새잎을 밀어낸다

나에겐 언니가 그런 잎처럼 보여
어디에서라도 행복해졌으면 좋겠다고 생각한다

가벼운 산책

택배 옮기는 일을 해요
허리 다친 삼촌을 도와
과일 박스 택배 상자 김치와 물
가벼운 것은 아마도 옷 아마도 신발
그 안에는 내가 알거나 모르는 타인의 삶이 있어요
모두에게 지금 당장 필요한 것들을 신속하게 배송해요

하루 종일 옮겨도 옮길 것이 남아 있고
컨테이너는 박스를 꾸역꾸역 토해 내요
이렇게 많은 것들이 다시 지구에 돌아가겠죠
먹다 남은 단백질 쉐이크
싫증 난 장난감과 잠시 따뜻했던 장갑까지

창문에 걸린 긴 해가 옮겨지지 않고 남아 있어요
오늘 나의 무게를 실감하고
우리가 가진 것들을 모두 버리고 나면
우리는 몹시 작고 가벼울 거예요

가벼운 산책을 나온 아이들이 화단에 앉아 세상을 구

경해요
　내가 배송한 박스에서 꺼냈을 귤을 모두 모두 손에 꼭 쥐
고요
　그들의 머리 꼭대기로 햇빛이 쏟아지고 있어요
　머리에 손을 대면 귤 냄새가 날 것만 같아요
　신 냄새 달콤한 냄새 따뜻한 햇볕 냄새
　데굴데굴 굴러 타인의 발치에 가닿는 것들

　우리는 모두 가볍게 이어져 있어요
　택배와 인사와 안녕과 번지는 모든 안부
　작고 가벼운 미소로요
　지구에 남기고 간 우리의 작은 것들이 내일의 장면을 만
들겠지요
　내일의 연필 내일의 빛 내일의 풍경 내일의 돌
　어쩌면 없을지도 모를 그것을 가볍게 쥐어요

스며드는 빛

엄마의 옷장을 열면 한쪽에 놓인
돌아가신 할머니의 브로치와 코트

유품 대부분을 버리고 태웠지만
그것만은 유일하게 남아 있다

해가 지나도 반짝이는 브로치
색이 조금밖에 바래지 않은 옷

아직 세상에 남아 있는 흔적이
할머니에 대한 기억이 할머니를 살아 있게 한다

할머니는 어떤 사람이었어?
너희 어릴 때 많이 돌봐 주셨어
널 엄청 예뻐하셨어
정정하실 땐 기운도 참 좋으셨지

할머니에 대한 기억은 거의 없지만
할머니를 생각하면 마음이 따뜻해진다

사람은 자기를 누구보다 강렬하게
사랑해 준 사람에 대한 기억으로
전 생애를 살아가는지도 몰라

할머니의 코트에 얼굴을 파묻어 본다
그러면 온몸에 빛이 스며드는 느낌
꼭 할머니가 곁에 있는 것 같다

좋은 결말을 맺고 싶다

망할 것이 내 오토바이를 치고 갔어
삼촌은 오늘도 씩씩대고

삼촌은 오토바이를 부릉부릉 달려 배달을 가고
삼촌은 오른쪽 발목이 퉁퉁 붓고
삼촌은 또 일을 쉬어야만 하고

마트에서 일하다
과일 가게에서 일하다 어깨를 다치고
그리고 다시
돈 때문에 치료를 대충 받고 일을 나가는

삼촌이 안 아프고 행복하면 좋겠어
어릴 때 제일 끝내주게 놀아 주던 삼촌의 행복을 바란다

그때 대학을 갔으면 좋았으련만
그때 그 사람이랑 결혼했으면 좋았으련만
이때 이랬으면…
그때 그랬으면…

가족들은 삼촌 이야기를 함부로 하고
나는 쉽게 말하고 싶지 않은데

삼촌은 이 모든 이야기가 지겹겠지
대부분의 나쁜 삶엔 돌파구가 없으니까

이 이야기에 숨구멍을 파서
삼촌은 아주아주 행복하게 잘 살았습니다
그런 동화 같은 이야기로 끝나면 좋을 텐데

대부분의 훌륭한 이야기엔 결말이 쉽게 나지 않는다

오래된 편지

엄마의 서랍에서 찾은 오래된 편지
내가 태어나기 몇 해 전의 날짜가 박힌 사진이 함께 들어
있다
그때의 베를린은 흐릿하고 쌀쌀해 보인다

엄마가 가장 좋아했던 친구
지금은 세상에 없는 친구
엄마는 가끔 그 친구와 함께 여행했던
베를린 얘기를 한다

나는 늘 내 친구들 얘기를 하지만
엄마의 친구 얘기는 제대로 들어 본 적 없다

가 본 적 없지만 어쩐지 그리운 느낌이 드는
베를린에 언젠가 가게 된다면
엄마와 함께 여행해야지 다짐한다

3부

너희랑 있을 때 시간이 멈춘 것 같아

혼자인 날

유독 혼자인 날이 있다
체육관에서 미술실로 급식실에서 교실로
다들 짝을 지어 걸어가는데
어쩐지 혼자인 그런 날

점심시간
저 멀리 하늘 위로 날아가는 비행기를 본다

비행기를 보면 어디로든 떠나고 싶어져
그게 어디든 여기를 벗어나 저기로 떠나는 상상

아주 차가운 스톡홀름의 공기를
파리의 작은 카페를
일본의 고요한 정원을 상상한다

상상을 하다 보면
북적북적 여러 사람에게 둘러싸여
걷고 있는 것만 같은 기분

내가 아주 좋아하는 기분

레몬의 눈부심

희수야 우리는 서로를 모르고
더 모를수록 좋을 수도 있겠지
네가 뭘 좋아하는지 구석구석 소름 끼치게 싫어하는지
몰라도 같은 복도에 서서 아무 말이나 해도
말이 되지 않는 말을 해도 우리는
친구야 어젯밤
얼마나 무서운 생각을 하고
상상 속에서 얼마나 큰 잘못을 저질렀어도
얼마나 어이없는 실수를 했어도
같은 가수의 콘서트를 보고
안개 낀 아무도 없는 늦은 밤거리를
텅 빈 가슴으로 달리며
신 레몬을 입에 가득 물어도
그게 눈부심이 아니어도
우리가 좋아하는 노래는 시와도 같아
눈을 감고 외우면 부를 수 있지
안개로 가득 차 안 보이는 길도
그냥 달려 보는 거지
친구야 네가 많은 말을 하지 않아도 이해해

자주 우울하고 한숨 나오고
말하고 싶지 않은 기분도
아빠 사업이 망했대 이사 가야 된대
그래도 어떻게든 될 거야 애써 웃으면서
오늘 우린 쓸쓸한 박쥐의 기분

문버드

내가 아는 너는 도요새를 닮았다
축축한 갯벌이나 습지에 서식하는 철새
혹은 나그네새라 불리는 새

우리 모두 한 철 머물다 가는 거야
이 지구상에

지구는 다각형의 젤리 같아
습지와 바다와 육지와 절벽과
까끌거리고 미끌거리는 면과 면

머리 위로 도요새가 날아가는 동안
비린내 가득한 갯벌 안에서 두 발을 찰박거린다

도요새 중에서도 내가 가장 좋아하는 건
붉은어깨도요

지구에서 달까지 왕복할 수도 있을 만큼
긴 이동 거리 지나가는

도요새의 무게는 겨우 이백 그램

점점 사라지고 있는 습지 위로
도요새의 작은 그늘 같은 발이 찍힌다

고개를 들면 바람이 불고
발아래로 물이 지나간다

넌 배우 하면 잘할 것 같아
콧수염이 어울리는
너에게 말하면 너는 웃는다

우리의 웃음소리를 저울에 재면
아주 희미해 가벼울 거야

두두두두두 건물을 짓는 공사장 소리가
이 갯벌의 아름다움을 망치러 온다

진짜 귀한 것

아파서 학교에 가지 않은 날
무심코 틀어 둔 뉴스에서

가자 지구에 팔레스타인 공습으로
무너진 집들을 본다

나와 비슷한 나이의 아이가 울면서 인터뷰한다

집과 가족
매일 뛰놀던 골목
학교와 건물들

가진 모든 것을 한순간에 잃는 건 어떤 느낌일까
가슴이 텅 비어 버리는 느낌일까

경험해 보지 않은 슬픔을 상상하기란 어려워

그냥 내가 가장 아끼는 신발을
저 애에게 신겨 주고 싶다

저 아이가 한국에서 자랐다면
나랑 제일 친한 애가 되었을지도 모르는데

어느 나라에는 우리가 버린 쓰레기를 수입해
섬 전체가 쓰레기로 뒤덮여 있다고 한다

그 쓰레기를 뒤져 먹고 사는 동물들이 있다고

자고 있는 코코의 뱃속에 귀를 대 본다
다행히 고릉고릉 따뜻한 소리가 들린다

코코 아닌 동물들이 지금 이 순간에도
쓰레기봉투를 열어 뒤지고 있겠지

세상은 진귀한 것들을 모두 버린다
음식도 옷도 동물도 사람까지도
무엇이 진짜 귀한지 알 수 없어져 버린다

발자국들

친구들과 쓸모없는 선물을 주고받기로 했는데

무엇이 가장 쓸모없을까
고민이 거듭된다

무엇을 줘야 가장 짜증나고 어이없을까
상상할 때 가장 즐거운 것

한 짝뿐인 양말
미소년이 활짝 웃고 있는 러그
공주님이라고 적힌 티셔츠

그중에서도 가장 쓸모없는 게 뭘까
모두 조금씩은 다 쓸모가 있어 보여

쓸모 있는 사람이 되어야 한다는 말을
늘 귀에서 피가 나게 듣지만

정말 그래야 할까

조금 쓸모가 없어도 괜찮지 않을까

하루쯤은 게으르게 보내도 되지 않을까

정말 쓸모를 다한 것들은 어디로 갈까

내가 사랑한 것들이
쓰레기가 되어 밀려오고 있어요

이 해변으로

아주 작은 쓰레기 하나둘
너와 나의 발자국들

창문 열어 두기

짝꿍이 학교에 안 나온 날
창가의 하늘이 더 잘 보인다

가끔 귀찮게 툭툭 쳐도
답을 모를 때 슬쩍 베끼곤 했는데

짝꿍이 다음 날도 그다음 날도 안 나온다

부모님이 자주 싸우신다는 소문이 들린다
집을 나갔다는 소문이 들린다
많이 아파서 병원에 있다는 소문이 들린다

너 뭐 좀 아는 거 있어?
친구들이 찾아와 묻는다

짝꿍 이름 말고 또 뭘 알더라

1교시부터 4교시까지 내리 잤다는 거
점심시간에 가끔 혼자 사라졌다는 거

그게 그 애를 다 말해 주지는 않아서
가만히 입을 다문다

학교 밖으로
여기 숨 막히는 교실이 아닌 그 어디라도
가고 싶어 했다는 거

그건 그냥 내 느낌일 뿐이라서

짝꿍이 어디로 갔을까
정말 무슨 일이 있는 걸까

내내 상상하며 오후가 지나간다

야작

친구가 다니는 미술 학원에 놀러 갔다
그림을 그리는 친구의 진지한 모습

잠깐 잠이 든 뒷모습
물끄러미 바라본다

앞으로 두 점은 더 그려야 되는데
떡볶이 먹고 배가 불러 지쳐 버렸어

우리는 깔깔깔 웃고
그때에 우리는 살아 있는 것 같았다

눈앞에 사물을 그릴 때에 친구는
연필을 들고 눈을 살짝 찌푸리고

반쯤 눈을 뜨면 내가 반으로 보일까
구깃구깃 접혀 보일까

화실에서 친구는 주제와 전혀

상관없는 그림만 그리고
몰래 놀러 간 나는 누워서
의미 없는 영상만 실컷 본다

그래도 우리는 살아 있는 것 같았다
끝나고 노래방에 가자고 약속하면서

커다란 캔버스

가을의 시작을 느껴
영혼을 만졌다고 느껴

주렁주렁 아름다웠어 손목에 매단
피와 살로 이어진 것 같은 인형들

친구의 그림이 좋아서
나는 샤워를 하다가도 길을 걷다가도

종종 그 그림에 사로잡힌다

산사태

예보에 없던 비가 갑자기 쏟아진다
비가 퍼붓는 것 좀 봐
하늘에 구멍이라도 났나 봐
우산 없는데 집에 어떻게 가지
창가에 붙어 서서 한참 수군거린다

비는 순식간에 내려
운동장의 웅덩이가 점점 거대해진다
옆 동네에선 산사태가 일어났대
다들 괜찮은가? 이거 괜찮은 거 맞나?

이상 기후 징후라고 했다
수업 시간에 기후 난민이 있다고 배웠는데
기후 우울증이 있다고도 배웠는데

기후에 대해 특별히 의식해 본 적 없는데
그렇게 중요하다고 여긴 적 없었는데

며칠째 폭염으로 창문을 열기가 무서웠다가

폭염이 끝나면 비가 쏟아져
좋아하던 배드민턴을 칠 수 없다
자전거도 탈 수 없다

체육 선생님은 생활 체육이 중요하다고 했었다
근육은 매일 조금씩 단련된다고
좋아하는 운동이 하나씩 있으면 좋다고

콕, 콕, 콕
넘어가는 셔틀콕
칠 수 없어 좀이 쑤신다

조금씩 조금씩 붕괴되는 산
산사태의 토사가 이만큼 밀려와 있다

우리의 꿈을 새겨 넣었다

학교에 안 다니는 내 친구 미란이
내가 가장 좋아하는 친구
검정고시를 본다고 학교 같은 거 때려치웠다

어른들은 미란이를 걱정해
미란이랑 같이 다니는 나도 걱정해
미란이가 꼬드겨 학교를 그만두게 할까 봐

놀기도 제일 잘 놀고 공부도 잘하는 미란이
얼른 검정고시 공부도 하고
틈틈이 한식 요리사 자격증도 딸 거라는 미란이

내 친구 중에 가장 자랑스러운 친구
가장 잘될 것 같은 친구
미란이를 생각하면 조금 눈물이 날 것도 같고

언제나 씩씩한 미란이

미란이와 놀러 간 롯데월드에서

실컷 놀이 기구를 타고 인생네컷 찍고
돌아오는 길

나는 언젠가 글을 쓰는 사람이 될 거야
학교 밖 담장 어딘가에 우리의 꿈을 새겨 넣었다

가장 먼저 등교한 날

아무도 없는 빈 교실
누군가 있는 것 같아
창문도 밀어 보고 사물함도 열어 보고
이내 심심해진다

엎드린 채 잠든 꿈속에서
빈 교실에 바닷물이 가득 차
온갖 것들이 엉키고
사자와 고래와 내가 사랑하는 동물들
포옹하고

어제 본 영상에서처럼
고래에게 잡아먹히는 물개처럼
고래 뱃속으로 들어가 긴 모험을 하다가
눈을 떴을 때

순식간에 쏟아붓는 비
불어나 열어 둔 창문으로 들이닥치는 비
단거리 전력 질주하듯 내리는 비

흙에 스미고 고이는
손에 두들기듯 떨어지는 비
비 비 비 빗방울

분명 아주 긴 꿈을 꾼 것 같은데
아직 아무도 도착하지 않았다
고요하게 들어차고 있는 빗물
세상에 나만 남은 기분

낙서의 흔적

가장 좋은 건 국어 시간
가끔 재밌는 소설이 실려 있어서

모두가 잠자는 수학 시간
그나마 잠 깨는 중국어 시간

국사 선생님은 항상 퀴즈를 내고
너무 지루할 땐 *끄적끄적* 낙서한다

공부한 흔적보다 많은 그림들
옆에서 언제 썼는지 모르게
네 글씨체로 ㅋㅋㅋㅋ이라고 적힌 낙서

몰래 놀러 간 날

쇼핑몰에 가면 신발도 사고 싶고 옷도 사고 싶고
유명한 빵도 먹고 싶다

여기저기서 풍겨 오는 맛있는 냄새
새로 나온 휴대폰 케이스
아이돌이 입어서 유명해진 옷
너무 예쁜 마스킹 테이프
온갖 물건들이 끝도 없이 펼쳐진다

휘황찬란한 조명 아래 가방과 신발
온갖 색상의 블러셔와 틴트
초록색 가방을 메 보고 립스틱도 발라 본다

아무도 모르게 자습 시간에 놀러 간 건데
다음 날 담임에게 걸렸다

누가 사진 올린 거야
너지 너지 하고 싸우느라 복도가 시끄러워서
다시 혼난다

수능 이후

사람들을 쏴 죽이는 영화를 봤어요
그런다고 우리가 살인자가 되는 것도 아닌데
어른들은 걱정을 하고
우르르 몰려다니는 우리들
구름 같은 우리들

수능이 끝나고 매일매일 놀기만 하는 우리들
어른들은 그럴 시간에 영어 공부를 해라
아르바이트를 해라
대학 가서 뭐 할지 생각해라
뭐라도 하라고 하지만

우린 화장품을 사고
보드게임 카페에 가고
누워서 하루 종일 영화를 보고
이제까지 매일 뭔가 해 왔으니
지금은 아무것도 하고 싶지 않아요

뭘 할지 깊이깊이 고민하는 게

어른이 되는 게 사실은 두렵기도 해요
어른이 돼도 별 볼 일 없을까 봐
뉴스를 틀면 우울한 소식뿐
우리가 사는 지구는 천천히 멸망 중일까 봐

그렇다면 외계인이 될래요
돌연변이가 될래요
시키는 대로 곧이곧대로 살지 않을래요

끝까지 재생된 뒤에

너희랑 있을 때 시간이 멈춘 것 같아
우린 비상계단으로 옥상까지 올라간다
탁 트인 하늘
담요를 뚫고 느껴지는 맹렬한 추위
겨울이 끝나면 다시 봄이 오고

우린 같은 책을 읽는다
같은 음악을 듣고
같은 영화를 보고
똑같이 다리를 떨고
똑같이 머리를 꼬고

대학 가도 연락해야 돼
서로에게 신신당부를 한다

사거리 흩어지는 사람들을 본다
끝까지 재생된 뒤 다시 처음으로 돌아가
시작되는 영화를 본다

4부

나도 사랑받는 딸이고 싶었어

너의 입장

화내서 미안해
네가 가진 모든 게 부러웠어
넌 엄마 아빠도 화목하고
줄줄이 딸린 동생도 없고
그림도 척척 잘 그리잖아

우리 아빠 트럭을 몰고 나가서
한 달에 한 번씩 집에 들어와
오면 양말을 아무 데나 벗어 두고
라면을 끓여 오라고 시키지
그렇게 하지 않으면 구둣주걱이 날아와

나도 한 번쯤 다른 하루를 갖고 싶었어
너희 집에 가서 부모님께 살갑게 굴어서 미안해
나도 사랑받는 딸이고 싶었어
너의 그 걱정 없음이 부러웠어
우리 아직 친구 맞지?

깨고 싶지 않아

뮤지컬을 보러 갔다
3층 끄트머리 제일 싼 좌석

배우들 표정도 무대도 자세히 보이지 않는다
하필 앞에 앉은 사람은 키가 크고

고개를 이리저리 빼면서
어두운 객석에서 망원경을 들고 본다

화를 낼 때의 표정
발을 쿵 구를 때 흔들리는 브로치
과장되게 고개를 휙 돌릴 때

1층에서 웃음이 터지면
3층에선 한 발 뒤늦게 터진다

1막이 끝나고 2막이 시작되기 전
인터미션이 있다

열여덟
지금까지 나의 1막이 지나가고 있다면
2막은 어떻게 될까

내년 내후년 그다음
대학생이 되고 직장인이 된 다음

원룸을 얻어서 혼자 살면서
우선 집을 예쁘게 꾸밀 거야

아늑한 침대도 놓고
친구들을 초대해서 밤새 놀아야지

돈도 많이 벌고
차도 사고 여행도 가고
하고 싶지 않은 공부는 조금도 하지 않아야지

상상 속 무대에서 깨어나고 싶지 않아
이 극이 끝나지 않기를 바랐다

아픈 날

졸려 죽겠는데
생리통으로 배는 아프고

내일까지 해야 하는 수행 평가 걱정
모의고사 걱정
시험공부 걱정에

저녁에 먹은 밥이
체해서 내려가지 않는다

등을 두드려도 손을 주물러도
속은 꽉 막히고
변기 앞에서 눈물 콧물이 함께 쏟아진다

맵고 짜고 달고 시다
내가 먹은 것들
꼭 인생의 맛 같아

언니가 사장에게 괴롭힘을 당했다고 했다

이런 날엔 꼭 넘어져도 코가 깨진다
툭 터진 눈물이 멈추지 않는다

복서가 되고 싶다
아무나 손에 쥐는 대로
나쁜 사람들 코피를 터트리고 싶다

생각은 구름

어른들은 이상하죠 늘 화가 나 있어요
하지만 이해해요 우리도 자주 화가 나니까

여유가 없고 쉽게
짜증이 나고 밀치고 욕하고
너도 나도 계속 화가 나서
학교가 불타 없어져 버릴지도 몰라요

규칙 같은 거 몰라요 관심 없어요
그런데 옆 반 애가 자꾸 우리 반에 와서 떠들면

화가 나 참을 수 없어요
나는 그냥 조용히 날아가는 양탄자가 되고 싶어요

이어폰을 켜고 끄듯이
기분을 바꾸고 싶어요

몰래 담장을 넘고 떡볶이를 먹고 벌을 서다 몰래
도망을 가고

몰래 작고 나쁜 일을 저질러요
용서하기에도 그만 잊어버릴 작은 일들을

올해 처음 짝꿍이 된 민수가 담배를 숨겼어요
그는 싱긋 웃으며 나한테 하나를 주었구요

아빠가 피는 것과 같은 것과
같은 냄새가 민수에게서 나고

그건 은은하게
머리와 마음을 흔들고

가끔 어지러운 기분이 들어요 담배 하나를 손에 쥘 때요

피워서 없애 버리는 것보다
간직하는 걸 더 좋아해요

계속 옆에 있는 것 같은 착각
그 착각이 생각을 여기까지 끌고 올 때도 있어요

어려운 일

이상하게 지수하고는 대화하기가 힘들다
지수는 나에게 말이 너무 없다고
시시하고 재미없다고 금세 가 버린다

선희와 함께 뒷산에 올랐다
선희는 정적이 흘러도
아무 말 하지 않고 있어도 편안한 친구
선희 앞에서만 말이 술술 나온다

왜 아무 말도 하지 않는 거니
무슨 말이든 해 보라고
아무 말도 하고 싶지 않은 거냐고
스스로에게 묻지만 답을 알 수 없다

산은 다양한 소리로 가득하다
어떠한 비밀도 발설하지 않고
비난하지 않는다

지구가 멸망하는 게 아니라

사람이 사라지는 것일 뿐이겠지
여기서 풀이 자라고 다시 나무가 자라겠지

흘러내리는 지구
다 타 버린 잎의 끝
지구는 멸망 다음 날처럼 밝다

이 초록초록한 기운 속에서
산 아래의 일들을 모두 잊어버린다 잠시

나는 돌
아무것도 하지 않는 돌
이 되어

데구르르 구른다
아무 생각 없이 잠시 하늘을 본다
새 소리 나무 소리를 듣는다

일기장

남에겐 하지 못할 말을 일기장에 적었다

싸운 건 아닌데 불편해진 친구 얘기
묘하게 마음에 걸리는 엄마의 말
그 애에 대한 헷갈리는 감정
한없이 땅굴 파며 주눅 드는 마음

일기장에 스티커도 붙이고
마스킹 테이프도 붙이면
기분이 조금 나아지는 것 같아

여러 달 지나고 읽으면 기억이 안 나는
시시콜콜한 얘기도 많은데
지나간 일기 속 나는 몹시 진지하다

누가 볼까 봐 전전긍긍하지만
어떤 부분은 누가 읽어 주었으면 싶은
복잡한 마음

오늘의 슬픈 일

오늘은 아르바이트 가는 날
종일 접시를 치우고 나르고
손목이 아프다

이틀 나가고 병원비와 차비가 더 나온다

나를 먹여 살리는 게 이렇게 힘들다니
어른이 되면 매일 일을 해야 먹고살 수 있다니

집에 오는 길에 마음이 헛헛해
인형 뽑기를 했다

내 손에 남은 작은 오리 인형이
귀엽긴 하지만
허무하고 시시해

뽑기로 팔천 원이나 날리다니
차라리 짜장면이라도 먹을걸
시급이 오만 원쯤 된다면 좋을 텐데

오늘 아침 침이 고였다

나는 제빵사가 될 거야
친구의 꿈은 확실해 보였다

꿈은 크게 가지는 게 좋다고 어른들이 말했다

친구는 우선 유명해지기 위해서
유튜브를 시작하겠다고 했다

꿈이 확실한 게 부러워서

나는 나의 작은 꿈이 좋았다
바다에 발을 담그고 찰박찰박 닿는 느낌이 좋듯이

대기업에 다니는 은퇴와 정년과 연금을 걱정하는
어른들의 꿈이 시시해 보였다

투자를 결정하는 자못 심각한 목소리와
회식하러 가는 왁자지껄한 웃음소리와

그건 끝이 보이는 세면대 속 찰랑이는 물 같았다

친구는 아무도 먹어 보지 못한 빵을
부드러운 그런 꿈의 빵을
만드는 게 꿈이라고 했다

친구는 처음 만든 빵이라고
그래서 맛이 없을 거라고
간밤에 만든 몽실몽실한 빵을 나누어 주었다

입에서 금세 녹아 사라지는 것
그건 꿈의 특징 같아

친구의 빵이
특색 없다고 자신 없어 한 그 빵이
가장자리가 둥그렇게 탄 빵이

늘 무언가 묻어 있는
친구의 엉성한 소매 같아 피식 웃음이 터진다

비밀의 속성

처음 엄마에게 거짓말한 날
가슴이 두근거렸다
학원을 째고 간 곳은 오락실과 공원
오락실에서 탕진하기
공원 벤치에 누워 하늘 보기
꼭 하고 싶었던 것도 아닌데
벼르고 별렀던 일도 아닌데

처음 편의점에서 물건을 훔친 날
훔친 빵은 달았다
딱 죄책감만큼의 달고 단 맛
특별히 먹고 싶었던 빵도 아닌데
돈이 없었던 것도 아닌데
왜 그랬는지는 설명할 수 없다

'그냥'이라고밖에 말할 수 없는
편의점 앞을 지나갈 때마다 두근거리는
누구나 크고 작은 비밀이 있겠지
잘못을 떳떳하게 말하고 죗값을 치르거나

용서받으면 속이 시원하겠지만

비밀을 가졌다는 것 자체로 가슴이 두근거려
누가 내 이름에 성을 붙여 부르면
덜컥 가슴이 내려앉는다

진로 상담

길거리에 놓인 피아노를 치는 사람을 보았다

몰입하는 손가락
피아노와 자기뿐인 것 같은

나도 좋아하고 잘하는 게 있으면 좋겠다
누구보다 잘하는 거
누가 뭐래도 하고 싶은 거

옆 반 진수는 쇼미더머니에 나갔다가
모두의 웃음을 샀다

누가 누구의 꿈을 비웃나
누가 누구의 꿈을 사랑해 주나

열심히 살고 있어요 믿어 주세요

선생님은 빨리 진로를 찾으라고 하지만
나도 그게 뭔지 알고 싶어

나쁜 놈 나오는 뉴스 볼 때는 형사가 되고 싶고
대법관도 되고 싶은데
손가락도 까딱하기 싫은 추운 아침엔
전신 샤워 기계를 만들고 싶은데

허무맹랑한 소리 하지 말라고 한다
꿈은 원래 허무맹랑한 건데

그래요 그러면 그냥 카페 사장
아니면 잠이나 많이 자는 백수가 되어도 좋겠어

좋아하는 거 좋아하는 사람 없어도 괜찮다고 해 주세요

건물주가 꿈이라고 하면

친구들을 따라
'갓물주 키우기'라는 게임을 시작한다
건물주가 되어
시설을 업그레이드하고
동네에 마트와 헬스장, 서점을 만들고
다양한 세입자를 들인다

잘 안 씻고 늦게 일어나는 세입자
근면 성실한 직장인 세입자
돈이 별로 없는 대학생 세입자
다양한 인간 군상을 관찰하기를 즐긴다

점점 커지는 나의 마을
건물주가 꿈이라고 하면 어른들은 혀를 차지만
나와 친구들은 상상 속에서
아주 멋진 건물들을 하나씩 둘씩 지니고 있다

내가 건물주가 되면 세입자들에게
매해 맛있는 과일을 돌려야지

그리고 같이 놀러 다녀도 재밌을 텐데

누워서 핸드폰이나 붙잡고
아무것도 안 하는 것 같지만
머릿속으론 생각이 많고 고민도 많고
돈을 벌면 하고 싶은 게 많은데
어른들은 그걸 모른다

너의 믿음

있잖아, 밤하늘을 오래 올려다보면
별들이 이동하는 게 보인다
어두운 점퍼에 파묻힌 것 같아
밤하늘이 나를 안아 준다

난 가끔 뭘 잘하는지 모르겠어
서툴고 덤벙댈 때면 식은땀이 나지
그래도 매일 느리게
내게 주어진 시간을 통과하고 있어

매일매일 자리를 바꾸어 이동하는
밤하늘의 별자리
내가 가장 좋아하는 오리온자리
가장 선명하게 반짝거리는

북극곰은 저 멀리 웅크리고
이 고요한 밤의 움직임 속에서

있잖아, 내가 잘할 수 있다고 믿는

너의 믿음을 지키고 싶다면 무엇을 해야 할까
괜히 틱틱대지만, 알아
네 손을 붙잡고 싶다면 말이야
최선을 다해야 한다는 거

누굴 걱정하는 것보다
믿어 주는 게 더 어려운 일이라는 거

내일의 꿈

망한 시험 같은 거 망할, 시험 같은 거
하필 옆집 애가 제일 잘 본 시험 같은 거
쉽다고 하는 친구들 같은 거
제일 얄밉고

나는 어른이 되면

하루 종일 배 위에 떠 있는 요트 회사 사장 혹은
그런 사장의 가장 절친한 친구

손님들의 속사정과 비밀을 가장 잘 알아서
팁을 두둑이 챙기는 지배인

혹은 아주 시간이 많아서
바이올린 연주자들 사이 몽마르트르 언덕 하염없이 걷는
파리지앵 될 거예요

바게트 들고
조각조각 빛나는 하늘을 그릴 거예요

5부

나는 가장 시고 못생긴 과일

나쁜 삶은 없어

악어와 악어새처럼
사자와 사바나 초원의 수풀처럼
곰팡이와 버섯처럼
지연은 서로 맞물려 돌아간다

나쁜 삶도
잘못 태어난 삶도 없어

내가 나에게 토닥토닥 말해 준다

월드컵 수영장

동네 수영장은 작고 시시해
버스를 타고 큰 수영장에 간다

기상 이변으로
개나리와 벚꽃이 같이 핀
아득한 봄날의 공원을 지나

빛이 가득 들어오는 수영장
선두를 차지한 할머니들

비누칠을 꼼꼼히 하라는 둥
여기 레인 말고 저기 레인으로 가라는 둥
샤워실에서부터 훈수를 둔다

"배에 힘주고 발을 더 힘차게 굴러 봐"
"고개를 물에 확실히 집어넣고"

'조용히 수영만 하고 싶은데'
할머니들을 피해 다른 레인으로 간다

"딸이 내일 애들 데리고 온대"
"난 다음 주에 아들들이 여행 보내 줘서 못 나와"
멀리서도 들려오는 수다 소리

물속에 고개를 넣었다 뺄 때마다
들렸다 안 들렸다 한다

자존심은 상하지만
할머니들이 가르쳐 준 대로
고개를 넣고 힘차게 발을 차니
앞으로 쑥쑥 잘 나간다

수영장이 넓어 끝까지 쉬지 않고 가면
심장이 쿵쾅쿵쾅 뛰고
폐가 커지는 기분
이만큼 몸이 부풀어 터질 것 같은 기분

봄의 기억

봄이 환하다
저 환한 길 끝에 아무것도 없는데
천변을 따라
사람들은 계속 걸어간다

한 손에 솜사탕이나 풍선
음료를 들고 사람들이 지나간다
달고 씁싸름한 수정과
퍼지는 계피 냄새

가장 일찍 와서 자리를 편 트럭 아저씨가
하나도 안 팔리는 과일 앞에서
한숨을 푹푹 쉰다
나는 가장 시고 못생긴 과일을 사서
꽃이 진 길을 다 지나간다

백일장

백일장에 나가면 수업을 빠질 수 있다고 해서
친구를 따라 백일장에 나갔다

시제가 발표되고
하나같이 빠르게 무언갈 써 내려가는데

내가 보고 온 것은 창밖 구름 하늘 언덕

내가 쓰고 온 것은
구름 하늘 언덕 낮은 집들

개미처럼 저 멀리 모였다 흩어지는 사람들

머릿속에 쓰려는 이야기들이 흩어져
겨우 몇 줄 쓰다가 시간만 간다

불의 의미

샌프란시스코에 불이 났대
연예인 부자 거물들의 집도 다 타 버렸대

우리 동네엔 불이 났는데
불법 주차된 차량들 때문에 소방차가 진입하지 못해서
사람을 구하지 못했다는 소식

매년 국회 의원들이 오고
도로 재정비를 외치고
지원금 지급을 말하고

그리고 다시 조용해지는 선거철 다음 날
그때의 조용함은 가장 질긴 것

불은 무엇부터 태우나
마지막까지 타고 있는 건 뭔가

자정까지 모여 있던 사람들이
경찰들의 정리에 모이고 사라진다

매년 반복되는 재난이
발밑까지 다가오는 느낌

골목을 가득 메운
매캐한 연기와 냄새는 쉽게 사라지지 않는다
목까지 차 찰랑인다

베이비 박스

베이비 박스의 아이들은
버려진 게 아니라 끝까지 지켜진 아이들이라고
어느 연예인이 말하는 걸 보았다

엄마를 따라 베이비 박스에 후원했다
잘은 모르겠지만
아기를 죽이지 않고 지키려는 마음이
거기에 모여 있다면 함께 지켜 주고 싶어서

세상엔 외롭게 태어나는 아기들이 있고
피치 못해 아기를 가지고 절망하는 사람도
있을 거고
그런 외로운 마음들이 모여 있다면
거기에 조그만 불을 지펴 주고 싶어서

죽을힘으로 살아가라고 말하지만
죽을 용기가 없어 살아가는 사람도 많고
그런 사람에게 혼자가 아니라고
말해 주고 싶어서

생활의 단맛

아랫집이 또 부부 싸움을 하는지 시끌시끌하다
오늘은 꼭 시험공부 해야 하는데
발등에 불이 떨어졌는데

이럴 때 자극적인 기사는 왜 이렇게 재미있는지
누워서 잠깐 본다는 게 그만
눈을 뜨니 벌써 새벽 한 시

얼른 일어나 다시 책상 앞에 앉아야 하는데
재미있는 드라마가 곧 시작하고
분명 시험 끝나고 보면 시시할 텐데

오늘은 꼭 끝까지 다 보고 잘 거라고 다짐했는데
잠 깨려고 사과까지 먹었는데
눈꺼풀이 자꾸만 감긴다

잠이 너무 달콤해
두 발이 붕 떠 공중에서 사라지는 것 같다

정전

아파트 불이 켜진다 도깨비불처럼
창문을 열고 누가 소리 지른다
히히히히! 도깨비 웃음처럼
흐흐흐흐! 저쪽에서도 화답이 들리고

불 꺼진 세상이 왜 아름다울까
모든 게 멈췄어
냉장고도 지구도 시절도 와이파이도
신호등도 엉망이 됐어
엉금엉금 차들이 눈치를 보며 지나가고 있어
왜 좋을까 멸종 다음 날 같다

검은 버섯을 밟으면 죽은 사람이 쫓아올 거야
아니 우리 이미 다 귀신이 됐다
흐흐흐흐! 히히히히!
어둠 속에서 자꾸 장난을 친다
촛불을 켰다
동네 놀이터에서 친구들을 다 만났다
아파트가 거대한 섬 같다

스윙

피아노 치는 시간
학원에서 학원으로 옮겨지기 전
쉴 수 있는 유일한 시간

드뷔시의 〈달빛〉도
요즘 유행하는 최신곡도
마음대로 얼렁뚱땅 쳐 본다
강아지가 무릎에 와 앉아 존다

약간은 열어 두어도 좋겠지
살랑살랑 기분 좋은 봄바람이 들어오도록
노래하듯이 연주할 것
조금 어긋나게 연주해도 좋겠지

삐죽삐죽 올라온 머리
금세 자라나는 잡초
마음대로 되지 않는 마음
자르지 않고 그대로 두는 것처럼

아무도 빌려 가지 않은 책

도서관이 좋아
왁자지껄한 시끌시끌한 모두에게서 피신해
은신처 같고 동굴 같은 도서관으로 온다

비뚤게 꽂힌 서가의 책을 바로 꽂으면
다시 한바탕 어지럽히고 가는 사람들
무심코 집어 든 책은
고양이에 대한 그림으로 가득 차 있다

도록도록 눈 굴리는 알록달록한
고양이에 의한
고양이에 대한
고양이를 위한 야아아옹!

누구의 손길도 닿지 않은
먼지 냄새만 가득한 책
그 속에서만 비로소 숨을 쉬는 것 같다

아무도 찾지 않는

그래서 나에게만 이야기하는 것 같은 목소리
내가 가장 좋아하는 은밀한 목소리

너도 눈에 띄지 않아도 괜찮아
유령 같은 커튼 같은 나에게
말을 거는 것만 같은 고양이 같은 목소리

고양이는 단맛을 느끼지 못한다는데
혀를 내밀고 톡톡 떨어지는 햇볕의 맛을 느껴 본다
따뜻하고 알싸하다

첫 중고 거래

안 읽는 책을 팔았다
처음엔 쭈뼛댔지만 조금 자신감이 붙어
안 쓰는 수분 크림과 핸드크림
한쪽만 남은 이어폰도 팔았다

내가 너무 처분하고 싶었던 물건이
다른 사람에겐 너무 필요한 물건이라니
더 팔 게 없는지 자꾸 살펴보게 된다

사람들 사이를 돌고 도는 물건들
어딘가 내 손을 떠나 잘 살아가라고
응원해 줘야 할 것 같은 기분

"벌레 잡아 줄 사람 구해요"
"창틀에 창문 끼우는 거 도와주실 분 구해요"
물건을 파는 게 아니라 도움을 구하는 글도 있다

언뜻 사소해 보이지만 중대한 문제들
지구가 매일 둥글둥글 돌아간다는 건

누구도 혼자 살아가지 않는다는 뜻

다큐멘터리에서는
다친 고라니를 사람들이 구조하고 있다

살아 있다는 건
누군가의 도움으로 여기까지 왔다는 거

물건들 판 돈을 모아 둥근 조명을 샀다
따뜻한 노란 불빛이
꼭 집에 잘 왔다고 반겨 주는 사람의 머리 모양 같다

준비, 시작

그러니까, 두 발이 교차하는 거야
간단히 가볍게
여기서 저기로
유연하게 넘어가 보는 거야

스퍼트를 낸다
요이 땅 소리와 함께
시작되는 체육 대회

발이 땅을 땅이 발을
밀어내는 감각
생생한 인식
검은 총소리

지저귀는 새들이 관중으로 참여해
와와 소리 지를 때마다 흔들리는 나무들

내일 세상이 사라져도 기억하고 싶은 건
이기고 지는 어떤 장면도 아니야

응원 소리
새 소리 바람 소리
땀과 열기 속에서

그냥 이렇게 달리고 있는
순간의 감각이야

운동화, 삶을 단단히
붙들어 매고 달려가 보는 힘

둥글게 밀려나는 모래 속에
이제 막 시작되는 이야기들이 와글와글 모여들고 있어
우리도 모르는 미래들이

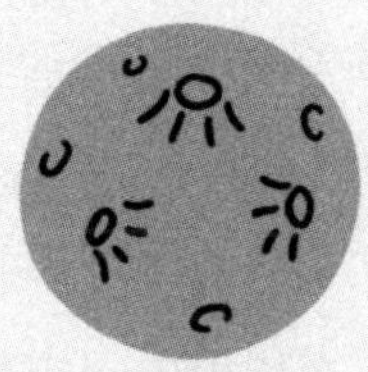

시인의 산문

웃음을 잃지 않는 용기

웃음을 잃지 않는 용기

얼마 전 인터넷에서 재미있는 기능의 연필꽂이를 발견했다. 작은 버튼을 누르면 나무에 매달린 딱따구리가 머리를 나무 안에 넣고 클립을 하나씩 물어서 빼내는 것이다. 그 새의 이름은 멸종 위기종인 까막딱따구리라고 했다. 찾아보니 까막딱따구리는 온몸이 검고 머리에 붉은색 깃털이 나 있는 새다. 멸종 위기종으로 검색하니 또 다른 생물들이 연관 검색어로 나온다.

섬개개비는 섬 지역에서 번식해서 이름이 섬개개비라고 붙은 철새다. 금빛나팔돌산호는 황금빛과 주황빛이 뒤섞인 아름답고 독특한 색깔의 산호다. 보다 보니 점점 더 궁금해졌다. 세상에 얼마나 많은, 다양한 생물이 저마다의 방식으로 살아가고 있을까? 알면 알수록 귀여운 새들도 많다. 누구보다 높고 빠르게 나는 새, 독특한 울음소리를 가진 새, 나무 안에 숨어서 사는 새, 다른 새의 알을 훔쳐 가는 새. 저마다 특성도, 이름도 다 다른 신기한 새들이 많기도 많다. 우리의 이름과 성격이 다 다르듯이.

어릴 때 나는 기르던 강아지를 너무 아끼고 좋아해서 수의사가 되고 싶었다. 한글 파일을 열고 무작정 개의 품종과 성격을 적어서 외우곤 했다. '아프간하운드', '그레이트피레네' 같은 낯선 이름을. 친구들이 잘 모르는 개의 이름과 특성을 나는 안다는 사실이 괜히 기분 좋았다. 그 후로 길에서 개들을 보면 저마다 성격이 다르게 보였던 기억이 난다. 품종을 나누는 건 지극히 인간적인 관점에서 개를 바라보는 일이라는 걸 깨닫긴 했지만.

어쨌거나 우리가 더 많은 새의 이름을 알고 더 많은 고래의 성격을 알게 된다면, 그들이 어떻게 살아가며 어떻게 죽어 가는지를 알게 된다면 그들의 고통을 더 이상 모른 척할 수 없을 것이다. 지구 온난화와 환경 오염으로 그들의 터전이 어떻게 바뀌었는지 알게 되면, 그들의 생명을 마치 우리의 생명인 것처럼 여기게 된다면 말이다.

이렇게 모두 함께 어울려 살아가는 이 지구의 기후에 대해 생각한다. 나에게 가을은 구월, 갑자기 쌀쌀해지는 날씨와 함께 시작되곤 했다. 들뜨고 어수선한 새 학기, 누군가 전학 오거나 누군가 전학 가는 붕 뜬 분위기 속에서 문득 맑고 높아진 하늘, 쌀쌀해진 아침 공기, 알레르기로 에취, 재채기와 함께 콧물이 흐르면 가을이 시작되었구나, 실감하곤 했다.

그런데 요즘의 가을은 가을 같지 않다. 여름이 무서울 만큼 길어져 시월에도 한낮엔 무더워 땀이 흐른다. 바닷속에서는 무슨 일이 벌어지고 있을까. 산호초가 높은 수온을 견

디지 못하고 하얗게 변하고, 바다의 어종이 바뀌거나 어떤 물고기들은 집단 폐사하기도 한다. 기상학자들은 점점 더 기후가 극단적으로 변해 갈 거라고 경고한다. 한 달 동안 내려야 할 비가 하루, 이틀 만에 쏟아지기도 한다. 멸종 위기에 처한 동물들은 점차 빠르게 사라져 간다. 인간이 초래한 지구 온난화와 환경 오염으로 인해 그렇게 되고 있다니 슬픈 일이 아닐 수 없다.

산호초가 사라지면 산호초에 기대어 살아가는 물고기들 역시 사라지고 말 것이다. 그렇게 하나둘 사라져 가면 우리는 어느 날 몹시 외로워지고 말 것이다. 가장 약한 존재, 가장 작은 존재들, 가장 조용한 목소리를 지닌 존재들을 돌보려는 마음을 잃으면 결국 우리가 살아가고 숨 쉬는 공간도 점차 사라질 것이다. 도미노처럼 연쇄 작용으로 생태계는 빠르게 무너져 다음 멸종 위기종은 우리가 될지도 모른다.

매우 춥거나 매우 더운, 점차 극단적인 기후만 남게 된다면 사계절이 주는 계절감은 언젠가 상상할 수 없는 감각이 되는 건 아닐까. 눈 오는 날의 포근한 공기. 학원에 가려고 정류장에서 버스를 기다리며 맡던 비 냄새. 하굣길에 아무도 없는 운동장에 불던 모래바람의 맛. 운동장에서 체육 대회를 할 때 내리쬐던 햇볕의 따가움까지도.

지금 이 순간에도 지구상에서 이름이 사라지고 존재가 사라지고 발자국이 사라지고 있는 수많은 생물들이 있다는 건 무엇을 뜻할까? 어떤 생물들의 살아 있음과 죽음이 모두의 기억에서 사라진다는 건, 세상에 태어나고 죽는 일이 아무도 모르는 일이 된다는 건? 그 사라져 가는 이름을 모두 기억하고 싶다. 모두 함께 살아가는 꿈을 꾸고 싶다.

이 책에는 천천히 멸망해 가는 이 시대에도 우리가 꾸는 꿈을 지탱해 살아 보려는 이야기를 담았다. 마음에도 계절이 있다. 따뜻한 마음, 쓸쓸한 마음, 매섭고 차가운 마음, 뜨거운 마음. 어느 날 폭풍이 불다가 해가 내리쬐는 것처럼 우리 마음은 때때로 알 수가 없다. 지금 우리를 둘러싸고 벌어지는 이상 기후의 징후와 현상처럼. 그럼에도 모두 어깨를 나란히 기대어 살아가는 이야기를 담고 싶었다.

내가 기억하는 가장 어린 시절, 가장 최초의 장면은 이런 장면이다. 아마도 유치원에서 돌아와 놀다가 잠이 들었을 것이다. 방금 막 낮잠에서 깰락 말락 하며 포슬포슬한 이불의 감촉에 기대어 조금 더 자고 싶었던 기분, 이제 막 조금 끈적해지려는 여름날의 느릿한 더위와 해가 뉘엿뉘엿 지는 장면이 기억난다. 그때 난 잠에서 깨는 느낌이 싫어 방문을 열고 나서며 엄마를 찾았을 것이다. 그런 장면은 시간이 지나도 아주 선명하다. 세상과 단절되어 혼자 남은 느낌, 그 느낌으로부터 빠르게 도망쳐 누군가와 연결되고 싶었던 느낌, 그때의 햇볕이 들어오던 노란 창문까지도.

어쩌면 우리는 혼자가 되고 싶지 않아서 끊임없이 서로

의 이름을 부르고 서로를 삶에 끌어들이고 부대끼고 함께 살아가려 하는지도 모른다. 친구라는 이름은 그래서 슬프고 그래서 씩씩하고 그래서 좋다. 우리가 모두 친구가 되어 살아간다면, 서로의 안부를 물으며 살아가게 된다면 그건 어떤 풍경이 될까.

얼마 전 영덕으로 다녀온 여행이 떠오른다. 창문을 열면 바닷가가 보이는 조용한 숙소에 묵었는데, 이른 아침 엄청난 새소리에 잠에서 깼다. 발코니로 나가 보니 서로 가족인지 이웃인지 모를 새 떼가 지저귀며 날아다녔다. 큰 새, 작은 새, 목소리가 높다란 새, 그보다 조금 더 낮은 새. 휘익 휙, 휙휙휙 하는 높은음의 새소리에 순간 마음이 맑아졌다. 맞다 맞아, 여긴 새들의 대지이고 해양 생물들의 터전이지. 터져 나오듯 산발적으로 공중으로 튀어 오르는 새소리가 여기에 잠시 머무는 나를 한순간 작아지게 만들었다. 새를 비롯해 인간도 자연의 아주 작은 일부에 지나지 않음을. 돌고래의 목소리와 새의 노랫소리, 우리의 말소리가 공명하며 우리는 모두 깊이 이어져 있음을 안다.

지금으로부터 십 년, 이십 년, 삼십 년이 지나고 난 뒤, 그러니까 땅에 심은 사과나무가 울창하게 자라고 우리 각자의 삶에도 상상하지 못한 여러 변화가 일어난 뒤엔 지금의 시대를, 지금의 우리를, 지금의 봄 여름 가을 겨울을 어떻게 기억하게 될까? 기사에서는 올여름이 우리가 기억할 가장 시원한 여름이 될 거라는 무시무시한 예고를 덧붙인다. 어떤 풍경이 우리 앞에 놓여 있는지는 모르겠지만 서로의 목소리를, 말소리를, 서로의 존재를 부디 지키고 기억해 주기로 하자. 그래, 우리에게 필요한 건 어떤 상황에서도 웃음을 잃지 않는 용기다.

독서활동지

▷ 이 시집은 1부 '이 지구상에 우리가 살았다는 흔적'부터 5부 '나는 가장 시고 못생긴 과일'까지 환경 문제, 가족 관계, 친구와의 우정, 미래에 대한 고민 등 다양한 주제를 다루고 있습니다. 시집을 읽고 가장 강하게 느낀 주제는 무엇인가요. 그것에 대한 감상을 적어 봅시다.

▷ 「진짜 귀한 것」(68p)에서 시인은 경험해 보지 못한 슬픔을 상상하기란 어렵다면서 가자 지구의 아이에게 자신이 가장 아끼는 신발을 신겨 주고 싶다고 말합니다. 뉴스를 보면서 경험해 보지 못한 것에 대한 슬픔을 느껴 본 적이 있을 거예요. 그때 나는 무엇을 하고 싶었는지 적어 봅시다.

▷ 시 「식물의 말」(30p)과 「작은 완두콩」(32p)에서는 뜨거워지는 지구, 녹아 버린 북극의 얼음 등 환경 변화를 다룹니다. 기후 위기를 극복하기 위해 내가 할 수 있는 행동에는 무엇이 있을까요?

▷ 「레몬의 눈부심」(64p)에서 화자는 친한 친구 희수에게 하고 싶은 말을 합니다. 이 시를 읽고 생각나는 친구가 있나요? 그 친구에게 선물하는 모방 시를 써 봅시다.

▷ 「발자국들」(70p)에서 화자는 쓸모없는 선물을 고르다가 모두 조금씩은 다 쓸모가 있어 보여, 라고 말합니다. 화자가 시에서 말하는 쓸모없는 물건 "한 짝뿐인 양말"의 쓸모란 무엇이었을까요?

▷ 「혼자인 날」(63p)에서 화자는 상상을 통해서 외로움을 떨쳐 버립니다. 나는 혼자 있는 시간을 어떻게 보내며, 외로움을 극복하기 위해 어떤 상상이나 행동을 해 보았는지 이야기해 봅시다.

▷ 「진로 상담」(104p)을 읽고 여러분들이 하고 싶어 하는 것들을 생각나는 대로 적어 봅시다. 허무맹랑해도 괜찮아요.

▷ 「건물주가 꿈이라고 하면」(106p)을 읽고 내가 건물주가 되면 하고 싶은 것을 적어 봅시다. 이유도 적어 보세요.

....

....

....

▷ 「너의 믿음」(108p)을 읽고, 지금까지 나를 믿어 준 사람의 이름을 적어 봅시다. 그리고 그 믿음이 나에게 어떤 변화를 주었는지 구체적으로 적어 봅시다.

....

....

....

▷ 「몰래 놀러 간 날」(83p)을 네 컷의 만화로 표현해 볼까요.

<table>
<tr><td>

</td><td>

</td></tr>
<tr><td>

</td><td>

</td></tr>
</table>

우리가 사는 지구는 천천히 멸망 중
2025년 11월 24일 1판 1쇄 펴냄

지은이　　주민현
펴낸이　　김성규
편집　　　조혜주 최주연 권은하 한도연
감수　　　김남극 하상만
디자인　　신혜연
펴낸곳　　쉬는시간
주소　　　서울 마포구 동교로 17길 65, 501호
전화　　　02 323 2604
팩스　　　02 323 2603
등록　　　2019년 9월 3일 제2022-000287호

ISBN 979-11-995416-4-1 44810
ISBN 979-11-984300-0-7 (세트)

* 이 책은 경기도, 경기문화재단의 지원을 받아 발간되었습니다.